KB003543

가끔은 아프지만

삼봉 양현덕

반달뜨는꽃섬

가끔은 아프지만

서문

　"가끔은 아프지만"은 시인의 민감한 마음과 예리한 관찰력으로 채워진 작품으로, 우리의 삶에서 겪는 모든 순간을 미적으로 담아냅니다. 이 책을 펼치면, 우리는 사랑, 이별, 우정 그리고 삶의 다양한 측면에서 변화의 여정을 함께하게 됩니다. 시인은 어두운 밤의 별처럼 빛나는 순간부터, 햇빛이 가득한 아침의 미소까지 모두를 담아냅니다. 이 작품을 읽으면서, 우리는 우리 자신과 다른 이들의 감정에 공감하게 되고, 그 감정의 아름다움을 깨닫게 될 것입니다.

이 시집은 단어의 힘을 믿는 이들에게 큰 감동을 안겨줄 것입니다. 시인의 언어는 마치 음악처럼 흐르며, 독자들은 그 감정을 공유하게 될 것입니다. 시인의 눈을 통해 우리 자신을 다시 발견하고, 삶의 아름다움을 더 깊이 느껴보시기를 바랍니다.

목차

마음

비 오는 날은 시인이 된다

비 오는 날
뚝뚝 떨어지는 빗소리에
나는 시인이 되어
감성에 빠진다

주룩주룩 규칙적인 빗소리는
복잡해진 머릿속을
시를 쓰며 쉬어 가라 말하네

아픈 시간
상처뿐인 내 마음을
안아주고 친구 되어준 빗소리

미움은 사라지고
조금씩 마음이
따뜻해짐이 느껴진다

비 오는 날은
마음 담은
시인이 되려 한다

파란하늘

하늘을 본다
너무도 뿌연 하늘
간밤에 꾸었던 마음의 색과
어쩜 이리 닮았을까?

뿌연 하늘에는
구름도 보이지 않는다
눈앞에 나타나는 건
오직 한숨뿐이다

문득 눈을 감아
지난날의 하늘을 그려 본다

너무도 파란하늘

흰 구름마저 둥실둥실 춤을 추니

내 마음도 훨훨 날아다닌다

걷는 이 길

오늘 걷는 이 길은
어제 걸었던 그 길

어느 날은 딴생각에 잠겨
어느 날은 아무생각 없이
걷는 이 길은

항상 같은 길이지만
다른 이야기를 만들어내며
기억이 차곡차곡 쌓인다

오늘 걷는 이 길은
어제 걸었던 그 길

어느 날은 나 홀로 뛰며
어느 날은 다른 이와
걷는 이 길은

별것 없는 길이지만
다양한 사람들과 마주치며
이야기하던 기억이 차곡차곡 쌓인다

먼 훗날
내가 걷는 이 길이 사라 진다해도

기억이 쌓여 추억이 되고
추억이 쌓여 그리움으로 남으리라

하루하루

햇살이 날 향해 손짓하며
세상 속으로 초대하듯
하루가 시작된다

늘 하던 습관처럼
그 누군가 만날 준비에
부끄럼 감추며 나서는 나

어제는 어떤 일들이
오늘은 어떤 사람이
내일은 어떤 생각이

매일 반복되며
머릿속을 지배하고
세상과 부딪히라 했는데

지금은
잊혀 가는 소리처럼
기억마저 희미해지고

나 없이도
행복해하는 세상 속에서
하루하루 서러움에
눈시울을 적신다

망설이다가

망설이다가
미안하다고 못했다

망설이다가
후회한다고 못했다

망설이다가
고맙다고도 못했다

끝내
망설이다가
사랑한다고 말하기 전에 곁을 떠났다

망설이다가
바보처럼

겉마음, 속마음

아파도
아프지 않다고 하는 나를 보면
꾸미는 겉마음

슬퍼도
슬프지 않다고 하는 나를 보면
위로해 주는 겉마음

다툼 속에 두 마음 반응하지만
먼저 움직이는 겉마음
그 또한 아름답구나!

참고 있는데

참지 않다고 하는 너를 보면
웃고 싶은 겉마음

화가 나도
화나지 않다고 하는 너를 보면
미안한 겉마음

무의식속에 두 마음 반응하지만
먼저 봐 달라는 겉마음
그 또한 사랑스럽구나!

오늘은 왠지 꾸미지 않은
민낯의 속마음도 보고 싶구나

되돌릴 수 있다면

만약에
되돌릴 수 있다면
그건 시간이었으면 좋겠다

덧없이
지난 많은 시간들
다시 갈수 있으니

만약에
되돌릴 수 있다면
그건 사람이었으면 좋겠다

한순간
떠나버린 사람들

다시 볼 수 있으니

우린 이렇듯,
너무 빠른 시간을 달려
여유 없는 삶을 살았기에

아쉬움, 그리움 찾아
한번쯤 지나간 과거로
다시 가고 싶어 한다

만약에,
되돌릴 수 있다면
지금 떠날 수 있을까?

길어진 하루

바쁘고 힘든 속에
정신없는 하루를 보내며
하루가 길었으면 하고
생각한 적이 있었다

어느 날,
나도 모르게 문득 길어진 하루
희미한 시간 너머로 되돌아보니

예전에 만난 어느 사람과
뭘 만들려고 했는지는
아주 오래된 이야기가 되었다

하루가 길게 느껴진 날
무의미한 시간은 느리게 흐르고
벗어날 수 없는 쳇바퀴를
빙빙 돌고 있는 나를 보며,

너무 늘어난 하루 끝에
집으로 향하는 아쉬운 발걸음

침묵

거세게 퍼붓는 빗줄기가
모든 소리마저 집어삼킨 어느 날

불현듯 찾아오는 쓸쓸함
내 잘못도 아닌데
왜 나만 이렇게 느끼는 걸까?

더욱 세차게 떨어지는 빗줄기에
아무 소리도 들리지 않을 때

불현듯 다가오는 외로움
내 잘못도 아닌데
왜 나만 이렇게 혼자 있는 걸까?

말을 못하는 것도
말을 안 하는 것도 없는데
쓸쓸하고 외롭기만 하다

그 언젠가 모든 것들이
제 자리로 돌아가겠지만
분명 지금은 침묵할 때다

꿈이 아프다

어떤 소리도 없이
아무도 깨우지 않았는데
너무 놀라서 떠진 눈

마치 방금이라도
일어난 일처럼 생생하기에
무서움을 느끼게 하는
꿈이 아프다

겉은 태연한 척
속은 억울한 비명소리

오늘도 누구에게도
말하지 못하는 꿈

현실의 벽, 답답함
조각조각 보이는 부정

아픔은 더해지고
다시 마주치고 싶지 않은 꿈

그래서 마음이 아프다

한번쯤

한번쯤 생각해 본다
살면서 잃어버린 것들

청춘의 꿈
어릴 적 친구와 기억들
세월의 흔적

한번쯤 생각해 본다
살면서 얻은 것들

개성 있는 친구들
아름다운 추억
아내와의 사랑

이제 잃어버리기에는

너무 소중한 시간의 흔적들

비행기와 하늘 구름

하늘에 펼쳐진 구름
자유로이 떠다닌다

고개를 젖혀 보고 있으니
무거운 마음 가벼워진다

한결 편안해진 마음
무언가 내려놓은 느낌이다

솜사탕 닮은 구름
잿빛 일상마저도 맑게 색칠해준다

비행기에서 내려다본
구름 아래 초록빛 물결

그 속에서 우린 늘 힘들어 하며
잠시나마 잊고 싶어 한다

구름 위에 하늘
나는 하늘을 날고 있다

머릿속의 여유

내 머릿속 생각
종이에 그려보니

짙은 색의 걱정과
잡생각들로 채워지고

이 생각 저 생각
마음속에 쌓이고 있다

한번쯤은
입 밖으로 꺼내야 하는데

먼발치에서
애써 웃어 보이기도

하염없이 지켜만 보곤
뒤 돌아선다

두근거리는 가슴
서먹서먹한 마음

나에게 없는
머릿속의 여유

너에게는 있었으면 좋겠다

외로움, 착각 속에

가을 저녁
뒹구는 낙엽처럼
하고 싶은 말은 많은데
입 안에서 맴돌기만 할 때,
쓸쓸함이 다가온다

과거를 회상하며
추억에 젖고
지나간 시간을 탓하며
보고픔에 시달린다

어릴 시절 가을 기억은
단풍으로 물들었는데

지금 나에게는
눈물로 가득 물 들으니

끝이 안보이는 외로움
들키고 싶은
혼자라는 고독감

하소연 하고 싶어
가을밤 착각속에
홀로 지샌다

너에게 묻고 싶다

무작정
다그친다고
너는 참, 같은 말뿐이다

무작정
안 그러느냐고
너는 참, 답 없는 말뿐이다

한번쯤 생각해 볼래
너에게 어떤 의미인지 몰라도
나에게는 아무 의미 없다고

무작정
억지 부린다고
너는 참, 고집스런 말뿐이다

무작정
모르지 않을 텐데
너는 참, 거짓을 말할 뿐이다

한번쯤
간절히 묻고 싶다
어설픈 너의 행동과 말투
누구를 위한 것인지?

이것만 기억해 줘

수많은 시간이 흘러도

진실은 바뀌지 않는다고

서운함이 고마움으로

지난겨울은
내리는 눈보다 서운함에
차갑고 아팠습니다

처음 낯설고 어색한 느낌에
사소한 일에 화가 나기도
미움도 생겼습니다

솔직히
한참을 기다리기도
찾아 따지고도 싶었습니다

마음의 틈이 이처럼 크기에

너무 힘들어 작별의 순간도 생각할 만큼
그때는 그랬습니다

하지만, 시간이 흐르니

이번 봄은
사라지는 봄눈처럼
고마움에 따뜻하고 행복합니다

낯선 시간과 어색한 공간이
힘든 시기에 대한 배려임을
늦게 깨닫게 되었습니다

그냥 그대로 생각해주고
인연의 소중함을 말해주는데도
저의 조급함 때문에 몰랐습니다

고마움은 짧게 서러움은 깊이
해석했던 어리석음이
저를 힘들게 한 것을 알았습니다

지금은
정말 미안하고 사랑하고 고맙다고
진심을 담아 전하고 싶습니다

책상에 앉아

고개를 들어
멍하니 천장을 바라본다

한참 시간이 흐르고
그 알 수 없는 공허한 기분만이
하얀색 벽지에 그려진다

다시 고개를 돌려
멍하니 창밖을 바라본다

점점 어두워지는 거리에
그 알 수 없는 허전한 어색함이
짙은 향기를 뿜어낸다

지금은
아무 생각도 하고 싶지 않다

지금은
아무에게도 간섭받고 싶지 않다

너무도 다른 오늘
익숙하지 않은 나의 모습

인정하고 싶지 않지만
또 다른 나를 느껴본다

감기

아직은 참을만한데
머리가 아파온다

여기저기서 콜록콜록
덩달아 나도 콜록콜록
시름시름 앓더니
감기에 걸려 버렸다

하루 푹 쉬면 낫겠지 하는
막연한 생각

알 수 없는 무력감에
빠져들기도 한다

점점 멍해지는 머리
이미 힘겨워진 생각

마음에 잦아든 감기에
아파오는지 모른다

커피 한 잔

아침을 여는 커피 한 잔
잠에서 덜 깬 나를 깨우며
하루의 시작을 재촉하듯
진한 향을 내뿜는다

기분 전환에 커피 한 잔
심란한 마음의 나를 위로하며
호흡이 한결 가벼워지듯
부드러운 향을 내뿜는다

일상이 돼버린 커피 한 잔
버릇처럼 마시는 나에게
뭔가 좋은 일이 생길 것 같은

달콤한 향을 내뿜는다

오랜만에 만난 친구와 커피 한 잔
그냥 보낼 수 없는 나에게
옛이야기를 선물하듯
고소한 향을 내뿜는다

커피 한 잔에 담긴 향기
인생과 너무 닮았기에
깊은 이야기는 몰래 가슴에 품고
작은 행복은 마음에 담는다

말뿐인, 너 모른다

무엇에 쫓기듯 말뿐인, 너
아직은 모른다

그럴듯한 이유로 포장뿐인, 너
그럴지도 모른다

선택할 수 있는 수많은 말들
한마디 꺼내어 내 뱉는데

우리는
사람이 아닌 그 핑계에
실망에 빠진다

애꿎은 바람 저버리는, 너
이유도 모른다

반복되는 실망 쏟아내는, 너
아무것도 모른다

실망이 쌓이면 화를 부르고
화를 누르니 남이 되어버린

우리는
너 아닌, 희망을 버린다

내려놓음의 끝은

그건 웃음입니다
사는 것에 묻혀 잃어버린 웃음
비로소 다시 왔으니 말입니다

처음에는 갑자기 다가온
겉웃음이 반갑지 않았습니다

나이를 먹어서인지
힘이 부치기에 그런지
알 수 없는 웃음만이
흘러나오니 말입니다

한바탕 어수선 뒤에 찾아온

속웃음이 이제는 반갑습니다

스스로에게 얽매여
멈추는 것을 배우지 못한 세월
알 수 없는 너털웃음이
흘러나오니 말입니다

내려놓음의 끝,
그건 마음입니다

지금 가는 방향이 맞는지
착각 속에 깨어나지 못하는
웃음없는 삶에 너털웃음

지금 가벼워지고 자유로운 것은
분명 마음의 차이 말입니다

그 시절 그 모습으로

어느 날
거울에 비친 내 모습

매일 보던 얼굴인데
뭔가 다르게 느껴집니다

검게 그을린 얼굴
군데군데 보이는 인생흔적

나 아닌 나에게
어색한 표정 지어봅니다

어느 날
구석에 버려진 축구화

매일 보는 것인데
뭔가 다르게 느껴집니다

풀린 끈에 먼지는 쌓이고
언제 신었는지 하는 의문과

의미를 잃어버린 축구공에게
어색한 표정 지어봅니다

속절없이 흘러가는 세월이
야속하기만 합니다

어느덧
그 시절 그 모습으로
돌아가고 싶습니다

나를 아프게 하는 것들

이렇다 할 큰 걱정은 없는데
나를 아프게 하는 것들
굳이 꺼내어 보니

조금 바쁜 나날을 보내고
당연하게 생각했던 것들이
낯설게 느껴지는 상실의 시간

함께 보낸 사람들의
좋은 감정, 아끼는 관계들이
머릿속에서 사라지는 상실의 기억

무의미한 존재의 두려움
늙어가고 있다는 감정들이
다소 옹색해지는 상실의 아픔

긍정, 열정, 다짐
세상 속 벌려 놓았던 희망의 끈
아직도 남아있기에 달려가야 한다

긴 호흡

자꾸만 한숨을 쉰다
고요함이 싫어서일까?
몸은 연이어 시끄러운 소리를
허공에 내 뱉는다

여전히 독백을 한다
고요함이 싫어서일까?
가슴속 담아둔 말들이
저절로 흘러나온다

기나긴 시간 속에 기다림
일렁이는 마음은 상처뿐이고
혼자 남겨진 기억속의

거짓말이라도 듣고픈 심정으로

긴 호흡을 해본다

하루의 기분

말하기 싫은 아침

쓸데없는 넋두리
세상 시선에는 아랑곳없다

자연스럽지 못한 얼굴
감정의 소용돌이
갈라진 마음의 방향

하루의 기분은
언제 만들어 질까?

아침의 날씨, 음식, 노래
간밤의 생각, 느낌, 꿈

새삼스럽게
낯설게 느껴진 아침

사소함이 만드는 차이일 뿐,
스스로의 마음이다

가고 싶지 않은 길

가고 싶지 않은 길
가려 하니 발걸음이 무거워진다

이미 한숨만이 가득한 차 안 속
눈부신 아침햇살 더해지니
내 마음 숨기려 눈을 감아본다

어둠속에 흐르는 멜로디
나를 위로하듯 귓가에 맴돌고
푹 빠져있는 것만으로
마음을 아우르는 자유
음악은 거들뿐, 빈자리를 채워준다

줄줄이 이어지는 노래에
차장 밖 아침햇살이 더해지니
오히려 밝아지는 느낌이다

가고 싶지 않은 길
가려 하니 발걸음이
이제 가벼워진다

이곳에 행복이 있다

그냥 살다보니, 벌써
20년 세월이 준 선물
한권의 책이 되었습니다

막내아들 돌잔치 마치고
내려온 이곳, 천안이
어느덧 고향도 되었습니다

하루, 일주일, 한 달, 일 년
아슬아슬하게 보낸 적도
떠날 수밖에 없던 적도
무수히 많았지만

순간순간 작은 행복이
넘겨볼 수 있는 한 페이지가
될 수 있게 되었습니다

그냥 살다보니, 이제
느긋하게 책 한권 볼 수 있는
이곳에 행복이 있습니다

염증

찬바람 불면 찾아오는
달갑지 않은 녀석

다듬어지지 않는 목소리
입을 닫게 하는 녀석

정리되지 않는 머릿속
멍하게 만드는 녀석

마음까지 힘들까 봐
걱정하듯 미리 찾아와
작은 아픔을 주며
쉬라고 합니다

사랑

아버지와 고장 난 선풍기

며칠 전부터 고장 난 선풍기
바라보는 아내 위해
무작정 분해해 봅니다

자신만만한 나의 생각이
얼마나 무모한지 아는데
그리 오래 걸리지 않았습니다

스프링은 튕겨 나가고
나사는 어디론가 숨어버리고
되돌리기에 이미 늦어버린 시간

갑자기 머리를 스치며

불편하신 한 손 만으로 고치시던
아버지가 생각납니다

아버지는 길가에 버려진
선풍기를 주워 고치고
이웃에게 나눠주신 분이셨습니다

처음에는 이런 따뜻한 마음보다
휠체어에 몸을 의지한 모습이
안타까워 잔소리가 많았나 봅니다

고장 난 선풍기가 아닌
아픔의 시간을 수리하는데

우리는 미처 몰랐던 겁니다

익숙하지 않기에
부서진 선풍기를 바라보니
오늘밤 아버지가 더욱 그립습니다

이 세상에 내가 없다면

나의 그대여
단 하루 만이라도 슬프게 울어주오
나 홀로 눈물 흘리지 않게

나의 그대여
내가 좋아했던 노래 들어주오
소리에 취해 옛 생각 날 수 있게

나의 그대여
가끔 꺼내볼 수 있는 사진 한 장 간직해주오
그리울 때 잊혀지지 않게

나의 그대여

우리가 다닌 추억의 길 다시 한번 걸어주오

덧없이 흘러간 세월 아쉽지 않게

나의 그대여

함께한 행복했던 시간 오래 기억해주오

영원히 그대 곁에 머물 수 있게

나의 그대여

처음부터 지금까지 사랑했다고 믿어주오

남겨진 사랑이 미안하지 않게

지금껏
내 것은 하나도 없습니다
오직 당신만이 내 것일뿐

모두가 나를 잊는다 해도
그대 만은 가슴에 묻기를 바랍니다
그래서 후회도 없습니다

이 세상에 내가 없더라도
꼭 지켜 드릴 겁니다
그대 뒤에는 언제나 내가 있을테니

눈물의 의미

울어버린 그대의
두 뺨에 흐르는 눈물
오늘은 닦아주지 못했습니다

울분이 차올라
주체할 수 없기에
자기도 모르게 흘리나 봅니다

이 눈물의 의미는 무얼까?

고된 삶의 흔적이
참을 수 없는 마음의 표현보다
서운함이 크게 느껴지나 봅니다

내 마음도 너무 지쳐서
마음속 요동치는 대로
또 다시 그대를 아프게 했습니다

어쩌면 내 지나친 생각이
그대와 같을 거라
바랐는지 모릅니다

이 모든 게 내 탓이기에
그대의 흘린 눈물이 마를 때
미안하고 사랑한다고 말하고 싶습니다

믿음을 저 버리고

사랑이 흘러간다
믿음이 흘러간다

어느새 강물처럼 사라지고
이내 마음 아프고 시린 빈 가슴이다

이별이 올라온다
슬픔이 올라온다

강줄기 따라 거슬러 나타나니
이내 마음 눈물 속에 빠져 든다

아무리 노를 저어 벗어나려 해도
제자리를 맴돌 뿐,

해는 이미 저 산 뒤로 숨어버리고
달님만이 나를 위로해 준다

사랑으로 기다리다

울리는 핸드폰 너머로
걱정이란 소리가 들린다

오늘도 어머니는
기다리다 지친 괜한 화풀이를
사랑이란 말로 대신하려 한다

울리는 핸드폰 너머로
희망이란 소리가 들린다

오늘도 아버지는
애타는 마음 뒤로한 채
숨겨진 미래를 기다려 준다

울리는 핸드폰 너머로
거울이란 소리가 들린다

당신과 같은 길을 가려해도
당신과 다른 길을 가려해도
서두르지 않고 응원해 준다

대부도, 또 다른 향기

추억이 가득한 대부도,

방아머리 해변의 갈매기
석양이 빛나는 횟집 거리와 사람들
예전 그대로다

방긋 웃는 조개찜에 웃음 가득
바다 향기 메밀밭에 사진 가득
즐거운 이야기 더해지니

희미한 아버지 향기와
한껏 흥거운 어머니
노래에 취하고 춤사위에 취한다

추억이 쌓이는 이곳 대부도,

먼 훗날 뒤돌아보면
추억 그리고 아쉬움은
또 다른 어머니의 향기로 남을 것이다

나만 길다고 느낄 때

낯선 시간 속으로
나만 빠진 느낌이다

빛나는 청춘의 소리는
크게 외쳐보기도 전에
모든 것을 잃어버렸다

멈춰진 시간 속으로
나만 빠진 느낌이다

시간의 흐름을 놓쳐버린
아쉬움이 크기에
상처만 남았다

그때는 몰랐다

그저 현실을 벗어나 감당하기 어렵고

헛되이 보낸 시간이라 생각했는데

돌아보니 지나온 날들이 지금의 나를 만들었다

누구나 가야 하는 길

만든 자만이 느낄 수 있는 것

지금이 그런 시간 아닐까?

그리운 아버지
(부제: 아버지의 생일선물)

단풍이 물드는 11월 첫날
내가 태어난 날이라 더욱
보고 싶은 아버지

금방 잊혀질까 했는데
오히려 잊혀져 가는 시간이
아쉬운 아버지

한 걸음에 달려온 이곳
한 손에 소금 커피 들어 보이니
눈앞이 흐려지는 아버지

사진 속 아버지는 대답하지 않았다
늘 아파서 울음 섞인 목소리
이제 체념한 듯 평온해 보인다

몇 편의 자작시 읽어 드리고
좋아하신 노래 들려 드리니
내 눈에 남몰래 눈물 고여
나 역시 이내 평온해 진다

아버지의 너털웃음
아버지의 노래소리
당신과 함께한 소중한 추억
아버지가 평생 주신 생일선물이다

따뜻한 하루 지나고 이른 아침
마시는 생강차와 음악 선율에 담겨
그리운 아버지

어쩌다 보니 어른이 되어버린

어쩌다 보니
떠난다고 합니다

다 자라서
언젠가는 떠나보내야
할 시간인데

오래 함께해 온 우리
막상 멀리 떨어져야 한다니
애틋해지는 마음
떨쳐버릴 수 없습니다

지금껏
큰 어려움 없이
함께 있는 것만으로
힘이 되었는데

낯설긴 하지만, 이제
혼자 산다는 것은
낭만적이기도
외롭기도 할 것입니다

어쩌다보니
어른이 되어버린, 아들

아직은 내 품 안에
어린아이라 생각되지만

더 큰 세상으로
나아가는 길고 긴 여정
그 첫걸음
혼자만의 시간을
잘 이겨내어
큰 꿈 이루기를
기도합니다

어머니, 시간여행

선유도
느닷없는 어머니의 한마디

배를 타고 간 아버지의
기억을 더듬어 보려
어설픈 사진 몇 장 보곤
배 없이 차를 타고
낯선 추억여행을 담아
아버지의 그리움을 쌓아봅니다

교복
지나가는 어머니의 한마디

한 번도 내색하지 않았기에
어린 시절 마음속의 소망
우리는 알지 못했다
경암동 철길마을, 경암상회
구겨진 교복이 뭐라고
처음 입어본다는 수줍음
소녀같이 밝게 웃으시는
그 모습에 가슴이 뭉클해지며
어머니의 그리움을 쌓아봅니다

군산, 시간여행
어쩌면 어머니는 우리에게
아스라이 멀어지는 추억, 그리움의

소중함을 선물해 주신 것 아닌지

생각을 쌓아봅니다

가족사진

다들 어색한 듯
서로의 얼굴에 웃음을 선물한다

내 생애 가장 예쁜 모습으로
멋진 가족사진을 담기 위해
다섯 남매는 어린아이가
되어버렸다

어린 시절, 사진 한 장
긴 바지 입고 한껏 멋 부린
늘씬한 모습의 젊은 엄마
내 눈에 비춰진 어머니는
분명 키가 크신 분이였다

빠르게 흘러버린 시간
아버지의 빈자리는
짙은 아쉬움을 남기고
수줍게 방긋 웃으시는
팔순의 늙으신 엄마
내 눈에 비춰진 어머니는
분명 키가 작아진 분이었다

다섯 남매 키우느라
고생한 우리 어머니,
손은 어디에 둬야할지
눈은 어디를 봐야할지
자연스럽지 않아도

가족이 손을 잡고
함께 바라본다면
오늘의 웃음은
영원히 기억될 것입니다

기억 저편에

이맘쯤 생각나는
아버지의 기억이 있습니다

뜨끈뜨끈한 멸치국물에
소면을 한 주먹 집어넣고
고명을 올려 만든 잔치국수
대단한 음식도 아니었는데
유달리 좋아하서서
후르룩 한 그릇 뚝딱하시고
어린아이처럼 더 달라고
조르시던 얼굴이 떠오릅니다

이가 좋지 않아
마시는 것이 편한 것일까
기억이 희미해져
먹은 것도 잊은 것일까
알쏭달쏭한 의문 속에
재촉하시는 아버지,
그때는 왜 그리 못 드시게
실랑이 했는지 후회스럽습니다

움직이지 못한 채로
점점 잃어가는 머릿속 기억
행복감을 느낄 수 있는
유일한 아버지의 선택이었음을

돌아가신 후

기억 저편에

떠오르는 아버지의

마지막 병상 유품

바구니에 담긴

사탕 세 개 뿐

친구가 그립다

차창 밖 내리는 빗방울에
옛 친구의 모습 떠오르니
무척이나 그립습니다

국민학교 4학년
봉천동이란 낯선 곳으로
이사 오던 날
우연히 마주친 친구

우리는 그때부터
골목길이 같았고
아침부터 저녁까지
농구하고 함께 웃으며

같은 시간, 같은 공간을
나누었습니다

어느 여름날
세상 밖으로 나온다며
우리끼리 찾은
몽산포해수욕장

아무런 준비 없이
소주 한 잔에 기대어
너가 부른 "님과 함께"
따라 부르며 함께 한
그때가 그리운 건

서로 마음을
기댈 수 있어서
위로받고 싶은 날,
너를 만나면
얼어붙은 가슴을
녹여 주었는데

어느 날 갑자기 사라진 친구
시간이 바람처럼 흘러
세상에 없다는 슬픈 사실
오늘 따라 눈물이
빗방울 되어 그립습니다

코스모스

바람에 산들산들
손짓하는 코스모스
가을다운 느낌에
가던 길 멈추고

그 모습 사진에 담는데
아련히 떠오르는
아버지의 얼굴,

어느 날 우연히
병상에 누워계신 아버지께
새로운 계절이
오고 있음을 알리려

흔들리는 코스모스
하늘 뭉게구름 몰래
따다가 보여드리니
가볍고 보드라운 미소
보고픈 아버지의 얼굴

곁에

오랫동안 곁에 있던 너
바라만 봐도 설레던 지난날
하루하루 흘러 그러지 못해
너무 미안해요

오랜 시간 함께 했다는 변명
익숙함, 편안함이
나에게 독이 되어 그랬기에
이젠 용서해요

같은 시간 같은 자리
등 돌려 누워도 이불을 가져가도
곁에 있기에 몰랐던 소중함

더는 잊지 않아요

그래도 우린 남보다
함께한 시간이 많았기에
힘겹게 달려온 우리
앞으로 행복해요

지금껏 단 한사람 사랑한 나
그대가 없다는 상상 해 본적 없기에
잠든 당신 곁에 누워
어릴 적 설레임 그려 보려 해요

사람과 자연

문득

문득 울린 전화 한 통
수화기 건너
그는 외로워 보인다

세월에 묻혀
그는 그대로 나는 나대로
그냥 살다가 사람이 그리웠을까?

지나온 시간에
잊지 못한 추억들이
갑자기 머리를 스친 것일까?

우리는 궁금 속에

서로 묻지 않으며 다시 만났다
달려온 모든 것이
슬픔이라고 말하는 그에게
행복은 멀리 있지 않다고
말하는 나를 보니

문득 바보 같던
지난날을 돌아보며
그에게 다시 시작을 알려 줍니다

문득
사람이 그리운 어느 날
다시 만나다

봄날

곧 있으면
꽃들이 눈에 들어오고
바람이 온화하게 느껴지는
봄이 온다

멀리서 지켜보면
화사한 새 기운에 빠져
야릇한 셀레임도 피어나
소풍 온 것처럼 들떠버린다

이제나저제나
기다리며 손꼽은 나날
모든 것들이 깨어나는 봄인데

어찌 내 마음의 봄은

자연스럽게 흘러가는 시간보다

더디게 오는지

바람 불어 좋은 날

따사로운 햇살은
봄을 알리는 듯한데

준비할 틈도 주지 않고
어느 날 성큼 함께 온 바람

머리에 닿아 막 헝크러지고
조금만 불어도 산만해지니
내 마음에 부는 바람이려나

그래, 한번 휘저으며
시시각각 달라지는 바람

살짝 볼을 때리고
눈물도 글썽 거려지니
내 마음에 부는 걱정이러나

바람 불어 좋은 날
내 안의 낡은 생각들
바람결에 날려 보낸다

신정호

파란 하늘과 구름이
손에 잡힐 것 같은
신정호의 추억

돗자리와 라면 바리바리 싸 들고
아이들과 자전거 타던 그 소리

다솜다리 건너는 당신의 사랑
둘레길 따라 철쭉과 장미의 그 향기

잔잔한 호수, 시원한 바람 벗 삼아
술잔을 기울이니 취하지 않는 그 멋

가족과 함께한 카페 브리드

빵의 고소함보다 가족의 고소한 그 웃음

계절의 바뀜보다

사람의 다름이 아름다운

이곳 신정호의 추억

호수에 비춰진

하늘, 구름, 바람이

더욱 아름답게 느껴지네요

어느새, 여름

눈 떠보니 아침이다
온 몸은 찌뿌둥
일어나기 싫은 몸부림 속에

시간은
제 멋대로 흘러가며
이 순간도 과거로 묻혀간다

오늘 같이 더운 날에
아이스커피 생각나건만
지금 내리는 장맛비 소리가
더 반갑게 스며든다

이 비가 지나간 뒤
세상은 한바탕
더위와 다툴지라도
지금만은 시원해서 좋다

하지만
어느새, 여름이다

가을의 시작

이른 아침
작은 빗소리가 들리더니
이내 선선한 바람이 불어온다

잠시 창가에 서성이며
그 속삭임에 빠져본다

조심스레 고개 내미는 가을 냄새
여름 더위가 물러나기에 충분하다

어제 저녁
노릇노릇한 전어구이와
소금에 어울린 새우소리가 들린다

입안은 웃음 가득하고
그 향기에 어쩔 줄 모른다

빠르게 다가오는 가을의 맛
여름 끝을 알리기에 충분하다

팔월은 여름과 가을의 틈 사이
알 수 없는 기다림은 남아 있지만
가을은 이미 시작되었다

까만 장갑

차가워진 열정을
다시 뜨겁게 불러일으켜 준
그 까만 장갑

축 처진 어깨에
다시 힘을 불어넣는
그 까만 장갑

이글거리는 열정
땀과 노고의 상징이 되어버린
그 까만 장갑

한동안 보이지 않더니
덩달아 조용해진 공간 속

구석에 처박혀
기억 속에서 사라지고
활기차던 사람들 모습마저
잊혀지고 그리워지는데

언제쯤
세상의 먼지 털며
까만 장갑의 뜨거운 열정
다시 끼워볼 수 있을까?

추억 만들기

우리는
마음을 채우며
라라옥 강릉별장에서
추억을 먹는다

우리는
웃음보따리 풀며
낙산사에서
추억을 걷는다

우리는
갯배에 몸을 실으며
속초 아바이마을에서

추억을 젓는다

우리는
불빛을 맞아가며
대포항 다리에서
추억을 느낀다

우리는
작은 순간 하나하나
잊혀 지지 않을
아름다운 추억을 만든다

우리는

먼 훗날 다르게 적힌 추억마저도

행복했던 또 하나의 추억으로 만든다

"함께"라서

함께라서
웃음 잃지 않았습니다

그동안 겪어보지 못한 시련
어쩔 수 없이 그려진 그림
그럴 때마다 더욱 웃었습니다

함께라서
당당할 수 있었습니다

힘 있는 자들의 사회적 부당함
거짓으로 꾸며내는 정의
그럴 때마다 더욱 마음을 다졌습니다

함께라서
외롭지 않았습니다

나 홀로 떨어져 있다는 생각
아무도 찾지 않는 느낌
그럴 때마다 더욱 그리워했습니다

함께라서
큰 힘이 되었습니다

그냥 지나칠 수 있는 아픔을
어루만져 주시는 그 손길
그럴 때마다 더욱 감사했습니다

매일 만나지 않아도

시간을 함께 공유했다는 운명

우린 꼭 이겨낼 것입니다

함께라서

기쁘고 감격스러운 그 순간

기다리고 기다리겠습니다

겨울

어릴 적에는 따뜻했는데
어른이 돼 보니 추워지네요

어릴 적에는 설렘으로
어른이 돼 보니 걱정스러움으로

어릴 적에는 여행에 들뜨고
어른이 돼 보니 사색에 빠지고

어릴 적에는 잠깐의 기억
어른이 돼 보니 길고 긴 현실

그래서

점점 겨울이 싫어지나 봐요

그의 웃음은 몸짓이다

그는 항상 웃는다
말만해도 웃어주는
그에게서 따뜻함이 느껴진다

그는 그냥 웃는다
익숙한 그 웃음속에
그에게서 자유로움이 느껴진다

그는 다시 웃는다
바보 같지만 왠지 끌리는
그에게서 친근감이 느껴진다

내가 아는 한 사람이 있다
항상 웃는 얼굴 뒤에 숨어있는
그 무언가 나는 느껴진다

꾸며낸 웃음소리
애써 감추는 슬픈 표정
가식으로 느껴지는 행동과 그 말투
웃는 그에게도 쓸쓸함이 묻어있다

그는 항상 웃는다
다만, 그의 웃음은 몸짓이다

다만, 얼마 지나지 않아

떠나는 사람들은
갖가지 사연 담아
이야기한다

마음의 깊이가 다를 뿐,
상처와 슬픔이 뒤따른다
나는 그 사연 앞에서 자주
할 말을 잃는다

다시 오는 사람들은
간절한 희망 담아
이야기한다

마음의 깊이가 다를 뿐,
웃음과 기쁨이 뒤따른다
나는 그 희망 앞에서 자주
박수를 보낸다

돌고 도는 사람들
다만, 얼마 지나지 않아
후회를 참 많이 하기에
아쉬움이 남는다

첫눈, 끝나지 않을 겨울

첫눈 내리며
겨울이 시작되었다

하얗고
순수하며
설레임까지
담고 있는 첫눈,

밤새 내리더니
무릎까지 쌓였다

너무 빨리
마주쳐 버린 하얀 세상

준비되지 않은
세상의 불만을 늘어놓지만
누군가 기다릴지 모르는 첫눈,

나에게는
겨울 내내
낯설게 다가온다

팥죽 한 그릇

문득 달력을 보니
굵은 글씨로 동짓날
겨울이 시작되었음을 알려준다

보란 듯이
밤은 깊어지고
눈은 끝없이 내리며
사람들에게 걱정거리도 알려준다

어릴 적, 팥죽 한 그릇
붉은 색 좋은 기운이
귀신을 쫓아 준다는 이야기에
솔깃하여 먹기 시작하였다

무슨 맛인지
새알심이 무언지
그냥 넘어가면 안 될 것 같아
꼭꼭 씹어 먹었다

그러면
신기하게도 겨울내내
아무 일 없이 지나가고
따뜻한 봄이 성큼 다가왔다

이번 겨울도
몇 달 동안은 춥고 많은 것이
사라지고 변할 것이다

다만, 누군가에게
따뜻하게 기억될 팥죽 한 그릇
떠올리며 봄을 기다려 본다

형, 이제 자신을 위해 살아요

형, 노고 많았습니다
엊그제 같은데 어언 30년,

사회초년병으로 시작하여
은퇴에 도달한 지금
한 직장의 어른으로
한 가정의 아버지로
한 여자의 남편으로
쉼 없이 달린 시간들
박수받기에 충분합니다

형, 미련 갖지 마십시요
오랫동안 열심히 일하셨고

누구보다도 열정적으로
누구보다도 성실하게
누구보다도 리더십있게
많은 것을 이루었기에
후회는 있을 수 있지만
미련은 없다고 생각하십시요

형, 자신을 위해 사십시요
그동안 남을 위해 희생했으니
이제, 나를 위해 하고 싶은 것 하면서

은퇴가 아닌 제2의 인생
사회초년병으로

다시 돌아가십시오

다른 건 몰라도

설렘과 두려움이 생기고

또 다른 그 무엇이 즐거움으로

다가올 것입니다

너는

평소 눈에 띄지 않은 채
미세한 물을 연기처럼
내뿜는 너는
조용히 남을 위해
단비를 뿌려준다

아파야 찾는데도
아랑곳없이
토닥토닥 머리 쓰다듬듯
나에게 스며들며
촉촉함을 채워준다

늘 불쑥 찾아와

겨우내 매일 어루만지더니

이내 무관심 속에 잊혀지지만

언제나 기다려주는 너처럼

그런 사람을 만나고 싶다

비 오는 날

비 오는 날
난 이런 날이 좋다

잔잔한 빗소리에
감성에 빠질 수 있어 좋고

창가에 기대어
깊은 생각을 할 수 있어 좋고

거리에 나오는
음악을 들을 수 있어 좋고

그냥 떨어지는

운율의 스산함이 좋다

어릴 적
소풍 가는 날 빼고는
싫어한 적 없던
난 이런 날이 좋다

다만,
허전한 마음 적셔주는
알쏭달쏭한 그런 비가 좋다

얼음 속에 빠진 그대

내 입김 불어
그대를 녹여주고 싶습니다

새하얀 눈 내린 겨울
시간이 멈춘 듯이
계속해서 눈을 뿌리고
투명한 얼음 속에 빠진
서글픈 사연과 현실
그 끝에 처연함이 밀려온 그대

내 가슴으로
그대를 녹여주고 싶습니다

소복히 쌓인 눈밭

얼음이 녹아내리듯

꽁꽁 얼어붙어 있고

투명한 얼음 속에 빠진

마음속 헛된 욕심과 상황

두근거림에 아무 말을 못 한 그대

내 입김 불어

그대를 녹여주고 싶습니다

떠나는 마음은 알지만

쉽지 않았을 겁니다
떠나야 한다는 그 말이

때로는 웃고, 때로는 울며
미운 정 고운 정 다 들어버린
정들었던 이곳을

많이 아쉬울 겁니다
떠나야 한다는 그 말이

좋은 기억만 있었던 것도 아닌데
이렇게 말 건네기가 어려울 만큼
정들었던 사람들

있고 싶지만 떠나야 하는 마음
가끔 눈물을 글썽이는 모습
삶의 무게가 그렇게 만든 것을
비로소 알 것 같습니다

이제 괜찮아질 겁니다
떠나야 한다는 그 말이

처음엔 어딘가 막연한 느낌과
허전한 마음이 들겠지만
아쉬운 대로, 새로운 시작의 여행일테니

내소사와 천년나무

갑자기 내리는 눈송이에
마음속 깊이 묻어 둔 기억을 찾아
발걸음을 재촉해 본다

늘 마음속에 있는데도
12년 세월이 걸릴 만큼
이곳은 마음의 먼 길이었다

너무도 정겹다는 생각에
반짝이는 길을 향해 걸어가니
훤칠한 키의 전나무 숲길과
눈에 덮힌 단풍나무 숲길이
앞다투어 뽐내고 있고

주인공인 천년 느티나무는
우리를 멈춰 세우며 속삭인다

자연의 신비로움일까?

번잡한 마음 가벼워지고
잃어버린 웃음 찾아주니
잠시나마 나는 행복에 빠진다

먼 길을 돌아온 내소사
언제 다시 올지 모르지만
삶의 희망을 주기에 존경스럽다

바보라서 아프답니다

반쯤 넋이 나간 듯
주저앉은 당신에게
어떤 말도 하지 못했습니다

느닷없이 찾아온
거짓말과 강요
착하디착한 당신이
감당하기 어려울 만큼
아파했을 겁니다

감정이 북받친 듯
울먹이는 당신에게
아무 말도 하지 못했습니다

느닷없이 찾아온
충격과 이별
착하디착한 당신이
이겨내기 어려울 만큼
아파했을 겁니다

바보같이 착해서
속까지 메슥거린 당신인데
바보같이 착해서
흐르는 눈물 참는 당신인데
아무것도 위로하지 못해
너무도 미안합니다

나 역시 바보라서

이겨내란 말 뿐,

바보라서 아프답니다

좋은 형

그닥 기대 없이
바람 쐬러 왔다가
마주친 형

낯설움은 노래에 기대고
어색함은 춤에 기댑니다

저마다의 사연은
자연스레 인연으로
지나온 날보다
다가올 날에 기대가 느껴집니다

짧은 시간에
많은 얘기 듣느라
피곤함도 잠시 잊고
맘껏 웃어주는 형은

정말, 좋은 형

눈물이 나는 겁니다

화가 나서 우는 게 아닙니다
나도 모르게 눈물이 나는 겁니다

엄청 실망했고
엄청 아프기에
지금 순간까지 마음에 남습니다

서러워서 우는 게 아닙니다
아쉬움에 눈물이 나는 겁니다

엄청 좋아했고
엄청 사랑하기에
지금 순간까지 미련이 남습니다

오늘 울지 않으면 후회할 것 같아
하염없이 눈물이 나는 겁니다

나 떠난 후
눈물의 의미가 아직도 남아있기를,

동생인 듯, 친구인 듯

어느 날은 동생인 듯
어느 날은 친구인 듯
느껴지는 너에게

솔직함, 잔잔함
다른 사람들은 몰라도
나에게는 속삭인다

푸마잠바, 보리암
다른 사람들은 몰라도
나에게는 추억이다

우정, 참된의리

다른 사람들은 몰라도
나에게는 의미이다

너란 사람
서로 나이는 달라도
항상 마음이 같았고
내가 겪은 시간을 똑같이 겪었다

어느 날은 동생인 듯
어느 날은 친구인 듯
느껴지는 너에게

고마움, 내 마음이 그럴 뿐이다

너처럼 나는 하지 못했다

너처럼 나는
차가움도 뜨거움도 있었지만
너를 거두려 했다

너처럼 나는
질투도 욕심도 있었지만
너를 용서하려 했다

너처럼 나는
용기도 자신감도 있었지만
너를 이해하려 했다

그때마다 나는

나에게 거짓말로 위로했지만
이따금 찾아오는 공허함에
마음은 아팠다

나도 너처럼
할 수 있었지만
하지 못했다
난 너와 다르니까

비 오는 날의 비애(悲哀)

추적추적 비 오는 날엔
길가 위 사람들의 우산 속
생각을 엿보게 된다

비를 기다린 듯
웃음 띤 얼굴의 사람들은
생각을 벗 삼아 밝게 걷고,

비를 피하고픈
웃음기 없는 얼굴의 사람들은
생각에 잠겨 어둡게 걷는다

꽉 찬 사연들이

뒤엉켜 있는 거리에서
나 역시 생각의 꼬리를 무니
가진 것이 많을 때,
일부러 찾아오던 사람들

이제는 희미해진 기억너머
잊혀 가는 누군가로 남으니

추적추적 비 오는 날엔
세상에 그것만큼 서글퍼진다

글을 마치며,

시집을 마치며, 나는 마음 한 켠에 감정의 깊이를 던져두고 싶었습니다. 이 작품은 나만의 이야기를 담아내는 것뿐만 아니라, 독자들과 나눌 수 있는 공감의 순간을 만들고자 했습니다. 나는 쓰고자 했던 말들이 각자의 마음에 흔들림을 일으키기를, 독자들이 내 글 속에서 자신의 감정과 이야기를 발견하기를 바랐습니다.

이 시집은 나만의 세계를 펼친 것일 뿐, 독자들은 그 안에서 자신만의 이야기를 찾아낼 것입니다. 이 작품이 감정의 물결을 일으키며 독자들에게 여러 가지 생각을 떠올리게 했다면, 그것이 나에게 더 큰 보람일 것입니다.

나는 감정의 공간에서 만난 이들과 함께하며 더 나은 세계로 나아가는 여정을 함께하길 기대합니다. 끝으로, 이 작품을 읽어주어 고맙고 앞으로도 여러분과 함께하는 순간들이 기대됩니다.

가끔은 아프지만
삼봉 양현덕

인쇄 2023년 11월 22일
발행 2023년 12월 01일

기 획 김은경
편 집 박윤정
발행인 이은선
발행처 반달뜨는 꽃섬 [서울시 송파구 삼전로 10길50, 203호]
연락처 010 2038 1112 E-MAIL itokntok@naver.com

ⓒ 양현덕, 저작권 저자 소유

ISBN 979-11-91604-29-0 03810